Dr. Seuss's ABC

文·圖　蘇斯博士
譯　郝廣才

蘇斯博士 A B C 教室

蘇斯博士ABC教室　　　　　　　　　　　　　　　　　　　　　　蘇斯博士小孩學讀書全

發行／1992 年 12 月 25 日初版 1 刷　　2000 年 6 月 25 日初版 4 刷

著／蘇斯博士

譯／郝廣才

責任編輯／郝廣才　張玲玲　劉思源

美術編輯／李純真　郭倖惠　陳素芳

發行人／王榮文　　出版發行／遠流出版事業股份有限公司　　台北市汀州路3段184號7樓之5

行政院新聞局局版臺業字第1295號　　郵撥／0189456-1　　電話／(02)2365-3707　　傳真／(02)2365-7979

著作權顧問／蕭雄淋律師　　法律顧問／王秀哲律師‧董安丹律師

印製／鴻柏印刷事業股份有限公司

YL*ib* 遠流博識網 http://www.ylib.com　　E-mail:ylib@yuanliou.ylib.com.tw

ISBN 957-32-1126-2　　　　　　　　　　　　　　　　　　　　　　　　　　　　　　NT $

BIG A

大_{ㄉㄚˋ}寫_{ㄒㄧㄝˇ}

little a

小_{ㄒㄧㄠˇ}寫_{ㄒㄧㄝˇ}

What begins with A?

什_{ㄕㄣˊ}麼_{ㄇㄜ˙}字_{ㄗˋ}，A 開_{ㄎㄞ}頭_{ㄊㄡˊ}？

Aunt Annie's alligator...

安_ㄢ妮_{ㄋㄧˊ}姑_{ㄍㄨ}姑_{ㄍㄨ}
有_{ㄧㄡˇ}隻_ㄓ鱷_{ㄜˋ}魚_{ㄩˊ}寵_{ㄔㄨㄥˇ}物_{ㄨˋ}……

A . . . a . . . A

BIG B

大_{ㄉㄚˋ}寫_{ㄒㄧㄝˋ}

little   b

小_{ㄒㄧㄠˇ}寫_{ㄒㄧㄝˋ}

What begins with B ?

什ㄕㄣˊ麼˙字ㄗˋ，B 開ㄎㄞ頭ㄊㄡˊ？

Barber
baby
bubbles
and a
bumblebee.

理髮師伯伯、
寶寶、
泡泡、
還有黃蜂鬧。

BIG C

大_{ㄉㄚˋ}寫_{ㄒㄧㄝˇ}

little   c

小_{ㄒㄧㄠˇ}寫_{ㄒㄧㄝˇ}

What begins with C ?
Camel on the ceiling

C.....c.....C

什_{ㄕㄣˊ}麼_{ㄇㄜ˙}字_{ㄗˋ}，C 開_{ㄎㄞ}頭_{ㄊㄡˊ}？

一_{ㄧˋ}頭_{ㄊㄡˊ}駱_{ㄌㄨㄛˋ}駝_{ㄊㄨㄛˊ}在_{ㄗㄞˋ}天_{ㄊㄧㄢ}花_{ㄏㄨㄚ}板_{ㄅㄢˇ}上_{ㄕㄤˋ}走_{ㄗㄡˇ}。

BIG D

大_{ㄉㄚˋ}寫_{ㄒㄧㄝˇ}

little d

小_{ㄒㄧㄠˇ}寫_{ㄒㄧㄝˇ}

David Donald Doo
dreamed
a dozen doughnuts
and
a duck-dog, too.

大_{ㄉㄚˋ}衛_{ㄨㄟˋ}當_{ㄉㄤ}勞_{ㄌㄠˊ}杜_{ㄉㄨˋ}

夢_{ㄇㄥˋ}見_{ㄐㄧㄢ}

一_ㄧ打_{ㄉㄚˇ}甜_{ㄊㄧㄢ}甜_{ㄊㄧㄢ}圈_{ㄑㄩㄢ}，

還_{ㄏㄞˊ}有_{ㄧㄡˇ}

鴨_{ㄧㄚ}子_ㄗ狗_{ㄍㄡˇ}。

ABCDE..e..e

ear	耳ㄦˇ朵ㄉㄨㄛˇ
egg	蛋ㄉㄢˋ
elephant	大ㄉㄚˋ象ㄒㄧㄤˋ

e

e

E

BIG F

大_{ㄉㄚˋ}寫_{ㄒㄧㄝˇ}

little f

小_{ㄒㄧㄠˇ}寫_{ㄒㄧㄝˇ}

F . . f . . F

**Four fluffy feathers
on a
Fiffer-feffer-feff.**

笑_{ㄒㄧㄠˋ}里_{ㄌㄧˇ}巧_{ㄑㄧㄠˇ}巧_{ㄑㄧㄠˇ}貓_{ㄇㄠ}

有_{ㄧㄡˇ}四_{ㄙˋ}根_{ㄍㄣ}蓬_{ㄆㄥˊ}鬆_{ㄙㄨㄥ}的_{ㄉㄜ˙}羽_{ㄩˇ}毛_{ㄇㄠˊ}。

ABCD
EFG

Goat
girl
googoo goggles

山ㄕㄢ 羊ㄧㄤˊ 女ㄋㄩˇ 孩ㄏㄞˊ
怪ㄍㄨㄞˋ 里ㄌㄧˇ 乖ㄍㄨㄞ 乖ㄍㄨㄞ

G . . . g . . . G

BIG H

大_{ㄉㄚ}寫_{ㄒㄧㄝ}

little　　　　　h

小_{ㄒㄧㄠ}寫_{ㄒㄧㄝ}

Hungry horse.
Hay.

餓_ㄜ馬_{ㄇㄚ}吃_ㄔ乾_{ㄍㄢ}草_{ㄘㄠ}。

Hen in a hat.

母ㄇㄨˇ雞ㄐㄧ戴ㄉㄞˋ高ㄍㄠ帽ㄇㄠˋ。

Hooray！ 好ㄏㄠˇ喲ㄧㄠ！
Hooray！ 好ㄏㄠˇ喲ㄧㄠ！

BIG I

大_{ㄉㄚˋ}寫_{ㄒㄧㄝˇ}

little i

小_{ㄒㄧㄠˇ}寫_{ㄒㄧㄝˇ}

i . . . . i i

Icabod

is

itchy.

黃毛羊，
身癢癢

So am I.

他癢我也癢。

BIG J
大_{ㄉㄚˋ}寫_{ㄒㄧㄝˇ}

little j
小_{ㄒㄧㄠˇ}寫_{ㄒㄧㄝˇ}

What begins with j ?
Jerry Jordan's
jelly jar
and jam
begin that way.

什ㄕㄣˊ麼ㄇㄜ˙字ㄗˋ，J 開ㄎㄞ頭ㄊㄡˊ？
傑ㄐㄧㄝˊ利ㄌㄧˋ喬ㄑㄧㄠˊ蛋ㄉㄢˋ有ㄧㄡˇ
果ㄍㄨㄛˇ醬ㄐㄧㄤˋ黏ㄋㄧㄢˊ稠ㄔㄡˊ稠ㄔㄡˊ，
都ㄉㄡ是ㄕˋ j 字ㄗˋ頭ㄊㄡˊ。

BIG K

大_{ㄉㄚˋ}寫_{ㄒㄧㄝˇ}

little   k

小_{ㄒㄧㄠˇ}寫_{ㄒㄧㄝˇ}

Kitten. Kangaroo.

小_{ㄒㄧㄠˇ}貓_{ㄇㄠ} 小_{ㄒㄧㄠˇ}。

Kick a kettle.
Kite
and a
king's kerchoo.

袋_{ㄉㄞˋ}鼠_{ㄕㄨˇ}帶_{ㄉㄞˋ}寶_{ㄅㄠˇ}寶_{ㄅㄠ}

踢_{ㄊㄧ}水_{ㄕㄨㄟˇ}壺_{ㄏㄨˊ}

風_{ㄈㄥ}箏_{ㄓㄥ}高_{ㄍㄠ}

國_{ㄍㄨㄛˊ}王_{ㄨㄤˊ}哈_{ㄏㄚ}啾_{ㄐㄧㄡ}不_{ㄅㄨˋ}得_{ㄉㄜ˙}了_{ㄌㄧㄠˇ}。

BIG L

大_{ㄉㄚˋ}寫_{ㄒㄧㄝˇ}

little l

小_{ㄒㄧㄠˇ}寫_{ㄒㄧㄝˇ}

Little Lola Lopp.
Left leg.
Lazy lion
licks a lollipop.

小_{ㄒㄧㄠˇ}小_{ㄒㄧㄠˇ}羅_{ㄌㄨㄛˊ}拉_{ㄌㄚ}羅_{ㄌㄨㄛˊ}‧
高_{ㄍㄠ}高_{ㄍㄠ}左_{ㄗㄨㄛˇ}腳_{ㄐㄧㄠˇ}左_{ㄗㄨㄛˇ}。
獅_ㄕ子_{ㄗˇ}懶_{ㄌㄢˇ}洋_{ㄧㄤˊ}洋_{ㄧㄤˊ}，
在_{ㄗㄞˋ}舔_{ㄊㄧㄢˇ}棒_{ㄅㄤˋ}棒_{ㄅㄤˋ}糖_{ㄊㄤˊ}。

BIG M

大_{ㄉㄚˋ}寫_{ㄒㄧㄝˇ}

little m

小_{ㄒㄧㄠˇ}寫_{ㄒㄧㄝˇ}

Many mumbling mice
are making
midnight music
in the moonlight...
mighty nice

天_{ㄊㄧㄢ}上_{ㄕㄤˋ}明_{ㄇㄧㄥˊ}月_{ㄩㄝˋ}光_{ㄍㄨㄤ}，
成_{ㄔㄥˊ}群_{ㄑㄩㄣˊ}老_{ㄌㄠˇ}鼠_{ㄕㄨˇ}忙_{ㄇㄤˊ}。
含_{ㄏㄢˊ}含_{ㄏㄢˊ}糊_{ㄏㄨˊ}糊_{ㄏㄨˊ}口_{ㄎㄡˇ}中_{ㄓㄨㄥ}唱_{ㄔㄤˋ}，
午_{ㄨˇ}夜_{ㄧㄝˋ}美_{ㄇㄟˇ}妙_{ㄇㄧㄠˋ}的_{ㄉㄜ˙}樂_{ㄩㄝˋ}章_{ㄓㄤ}。

BIG N

大_{ㄉㄚˋ}寫_{ㄒㄧㄝˇ}

little n

小_{ㄒㄧㄠˇ}寫_{ㄒㄧㄝˇ}

What begins with those ?
Nine new neckties
and a nightshirt
and a nose.

什_{ㄕㄣˊ}麼_{ㄇㄜˋ}字_{ㄗˋ}，N 開_{ㄎㄞ}頭_{ㄊㄡˊ}？
九_{ㄐㄧㄡˇ}條_{ㄊㄧㄠˊ}新_{ㄒㄧㄣ}領_{ㄌㄧㄥˇ}帶_{ㄉㄞˋ}
睡_{ㄕㄨㄟˋ}衣一顏_{ㄧㄢˊ}色_{ㄙㄜˋ}白_{ㄅㄞˊ}
鼻_{ㄅㄧˊ}子_{ㄗ˙}怪_{ㄍㄨㄞˋ}不_{ㄅㄨˋ}怪_{ㄍㄨㄞˋ}？

O is very useful.

You use it when you say:
"Oscar's only ostrich
oiled
an orange owl today."

O 的用處多，
當你這麼說：
「歐伯有鳥知多少？
只有一隻大駝鳥。
橘子油，滴多少？
滴了一滴在今朝。」

ABCD
EFG
HIJK
LMNO..

...P

Painting pink pajamas.
Policeman in a pail.

睡衣一漆粉紅，
警察站水桶。

Peter Pepper's puppy.
And now
Papa's in the pail.

彼ㄅㄧ得ㄉㄜ胡ㄏㄨ椒ㄐㄧㄠ有ㄧㄡ小ㄒㄧㄠ狗ㄍㄡ，
他ㄊㄚ的ㄉㄜ爸ㄅㄚ爸ㄅㄚ卻ㄑㄩㄝ沒ㄇㄟ有ㄧㄡ，
站ㄓㄢ在ㄗㄞ水ㄕㄨㄟ桶ㄊㄨㄥ握ㄨㄛ著ㄓㄜ手ㄕㄡ。

BIG Q

大_{ㄉㄚ}寫_{ㄒㄧㄝ}

little q

小_{ㄒㄧㄠ}寫_{ㄒㄧㄝ}

What begins with Q ?
The quick
Queen of Quincy
and her
quacking quacker-oo.

什_{ㄕㄜ}麼_{ㄇㄜ}字_ㄗ，Q 開_{ㄎㄞ}頭_{ㄊㄡ}？
凱_{ㄎㄞ}西_{ㄒㄧ}皇_{ㄏㄨㄤ}后_{ㄏㄡ}走_{ㄗㄡ}得_{ㄉㄜ}快_{ㄎㄨㄞ}，
她_{ㄊㄚ}的_{ㄉㄜ}鴨_{ㄧㄚ}子_ㄗ真_{ㄓㄣ}奇_{ㄑㄧ}怪_{ㄍㄨㄞ}，
不_{ㄅㄨ}停_{ㄊㄧㄥ}叫_{ㄐㄧㄠ}著_{ㄓㄜ}乖_{ㄍㄨㄞ}乖_{ㄍㄨㄞ}乖_{ㄍㄨㄞ}。

BIG R

大_{ㄉㄚˋ}寫_{ㄒㄧㄝˇ}

little   r

小_{ㄒㄧㄠˇ}寫_{ㄒㄧㄝˇ}

Rosy Robin Ross.

羅_{ㄌㄨㄛˊ}西_{ㄒㄧ}羅_{ㄌㄨㄛˊ}賓_{ㄅㄧㄣ}羅_{ㄌㄨㄛˊ}。

Rosy's going riding
on her
red rhinoceros.

大犀牛，紅色皮，
羅西羅西正要騎。

BIG S

大寫

little   s

小寫

Silly Sammy Slick
sipped six sodas
and got
sick sick sick.

傻瓜沙米西力卡
吸呀吸呀不說話，
害得他
肚子痛痛痛到家。

T....T
t.......t

What begins with T ?
Ten tired turtles
on a tuttle-tuttle tree.

什ㄕㄜˊ麼ㄇㄜ˙字ㄗˋ，T 開ㄎㄞ頭ㄊㄡˊ？
有ㄧㄡˇ棵ㄎㄜ怪ㄍㄨㄞˋ樹ㄕㄨˋ， 名ㄇㄧㄥˊ叫ㄐㄧㄠˋ烏ㄨ桂ㄍㄨㄟˋ。
烏ㄨ桂ㄍㄨㄟˋ樹ㄕㄨˋ上ㄕㄤˋ， 十ㄕˊ隻ㄓ烏ㄨ龜ㄍㄨㄟ。

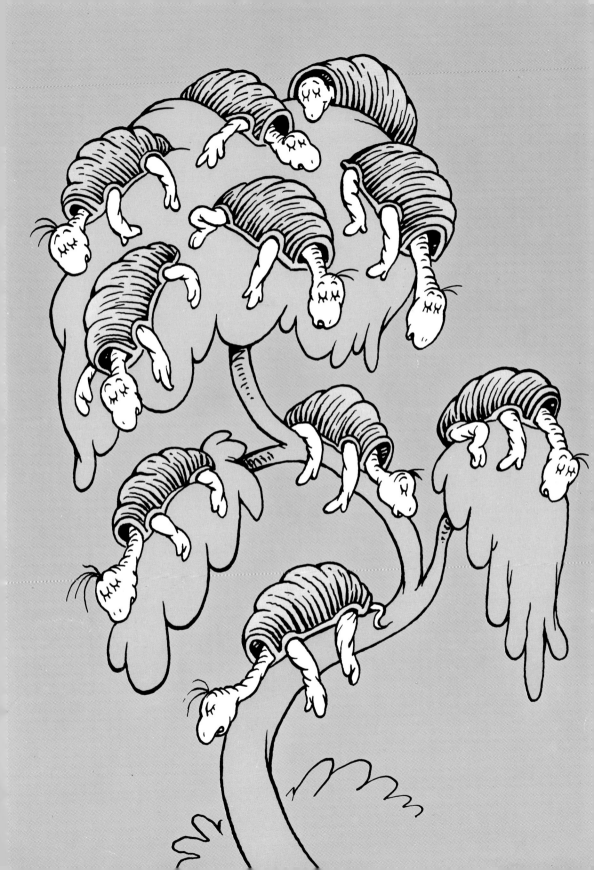

BIG U

大_{ㄉㄚˋ}寫_{ㄒㄧㄝˇ}

little u

小_{ㄒㄧㄠˇ}寫_{ㄒㄧㄝˇ}

What begins with U ?
Uncle Ubb's umbrella
and his
underwear, too.

什_{ㄕㄣˊ}麼_{ㄇㄜ˙}字_{ㄗˋ}，U 開_{ㄎㄞ}頭_{ㄊㄡˊ}？
游_{ㄧㄡˊ}叔_{ㄕㄨˊ}叔_{ㄕㄨ}， 頭_{ㄊㄡˊ}髮_{ㄈㄚˇ}短_{ㄉㄨㄢˇ}，
天_{ㄊㄧㄢ}天_{ㄊㄧㄢ}打_{ㄉㄚˇ}雨_{ㄩˇ}傘_{ㄙㄢˇ}，
內_{ㄋㄟˋ}衣_ㄧ從_{ㄊㄨㄥˊ}不_{ㄅㄨˋ}換_{ㄏㄨㄢˋ}。

BIG V

大_{ㄉㄚˋ}寫_{ㄒㄧㄝˇ}

little   v

小_{ㄒㄧㄠˇ}寫_{ㄒㄧㄝˇ}

Vera Violet Vinn
is
very
very
very awful
on her violin.

天_{ㄊㄧㄢ}不_{ㄅㄨˋ}怕_{ㄆㄚˋ}昏_{ㄏㄨㄣ}，
地_{ㄉㄧˋ}不_{ㄅㄨˋ}怕_{ㄆㄚˋ}震_{ㄓㄣˋ}，
只_{ㄓˇ}怕_{ㄆㄚˋ}維_{ㄨㄟˊ}拉_{ㄌㄚ}小_{ㄒㄧㄠˇ}千_{ㄑㄧㄢ}金_{ㄐㄧㄣ}，
拉_{ㄌㄚ}起_{ㄑㄧˇ}小_{ㄒㄧㄠˇ}提_{ㄊㄧˊ}琴_{ㄑㄧㄣˊ}。
眞_{ㄓㄣ}
眞_{ㄓㄣ}
眞_{ㄓㄣ}夠_{ㄍㄡˋ}差_{ㄔㄚ}勁_{ㄐㄧㄣˋ}！

W..w..W

Willy Waterloo
washes Warren Wiggins
who is
washing Waldo Woo.

洗ㄒㄧ刷ㄕㄨㄚ刷ㄕㄨㄚ， 洗ㄒㄧ刷ㄕㄨㄚ刷ㄕㄨㄚ，
華ㄏㄨㄚ塔ㄊㄚ華ㄏㄨㄚ巴ㄅㄚ拉ㄌㄚ
在ㄗㄞ洗ㄒㄧ華ㄏㄨㄚ加ㄐㄧㄚ華ㄏㄨㄚ納ㄋㄚ沙ㄕㄚ，
華ㄏㄨㄚ加ㄐㄧㄚ華ㄏㄨㄚ納ㄋㄚ沙ㄕㄚ
在ㄗㄞ洗ㄒㄧ華ㄏㄨㄚ達ㄉㄚ華ㄏㄨㄚ發ㄈㄚ牙ㄧㄚ。

X is very useful
if your name is
Nixie Knox.
It also
comes in handy
spelling ax
and extra fox.

X 的用處多，
如果你叫尼克斯克諾，
你會知道我說的不錯。
拼字斧頭真方便，
特別狐狸很隨便，
看一看，
X 出現了幾遍？

NIXIE KNOX

BIG Y

大 <ruby>ㄉ<rt>ㄚ</rt></ruby>寫 <ruby>ㄒ<rt>ㄝ</rt></ruby>

little

小 <ruby>ㄒ<rt>ㄠ</rt></ruby>寫 <ruby>ㄒ<rt>ㄝ</rt></ruby>

y

A yawning yellow yak.
Young Yolanda Yorgenson
is yelling on his back.

黃ㄏㄨㄤˊ犛ㄌㄧˊ牛ㄋㄧㄡˊ，　打ㄉㄚˇ哈ㄏㄚ欠ㄑㄧㄢˋ。
黃ㄏㄨㄤˊ毛ㄇㄠˊ丫ㄧㄚ頭ㄊㄡˊ叫ㄐㄧㄠˋ強ㄑㄧㄤˊ男ㄋㄢˊ，
她ㄊㄚ在ㄗㄞˋ牛ㄋㄧㄡˊ背ㄅㄟˋ站ㄓㄢˋ，
喊ㄏㄢˇ聲ㄕㄥ叫ㄐㄧㄠˋ翻ㄈㄢ天ㄊㄧㄢ。

BIG Z

大_{ㄉㄚˋ}寫_{ㄒㄧㄝˇ}

little   z

小_{ㄒㄧㄠˇ}寫_{ㄒㄧㄝˇ}

What begins with Z ?

什_{ㄕㄣˊ}麼_{ㄇㄜ˙}字_{ㄗˋ}，Z 開_{ㄎㄞ}頭_{ㄊㄡˊ}？

I do.
I am a
Zizzer-Zazzer-Zuzz
as you can
plainly see.

我很怪，怪一百。
我是怪果怪才怪，
你可以看得明明白白。

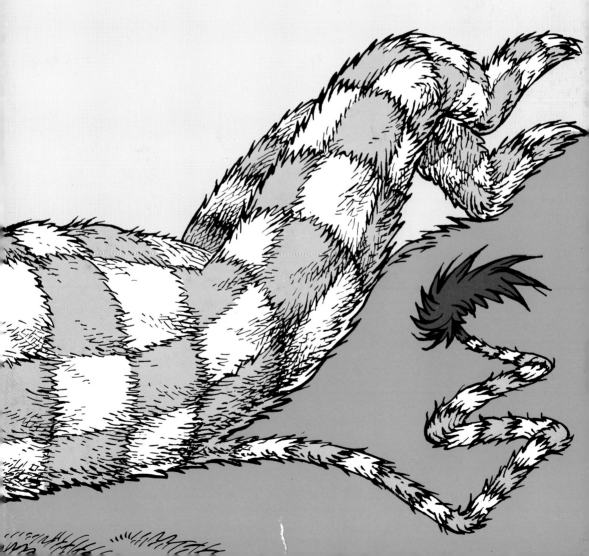